Herstellung und Verlag:
BoD-Books on Demand, Norderstedt
ISBN: 978-3-7534-7167-9

Reisebericht nach und Kurzgeschichten aus
Kuwait

von Rosel Klein

Rosel Klein

Sie hat von 1977 bis 1985
mit ihrer Familie in Kuwait
gelebt.
Dort gründete sie die Firma
Kuwait Hygiene Produkt,
ein ausschließlich von Frauen
geführtes Unternehmen.
Wieder in Deutschland
gehörten ihr drei Hotel-
geschäfte in Hamburg,
die sehr erfolgreich waren.

1 REISEBERICHT NACH KUWAIT

Im September wussten Klaus, Rosel und Nicolas Klein, unser fünfzehnjähriger Sohn noch nicht, dass wir dieses Jahr einen total anderen Heiligabend erleben würden und das fing so an:

Wir schreiben das Jahr 1977, lebten seit fünfeinhalb Jahren in Laboe bei Kiel, an der schönen Ostsee. Hinter dem Haus ein Naturgarten, mit dicken fetten Brombeerbüschen und Blick auf die Kieler Förde. Die Fährschiffe, kommend aus Skandinavien, Richtung Kiel und natürlich wieder zurück Richtung Heimat. Sie passierten mehrere mal am Tag unser Wohnzimmerfenster. Wie ein Urlaubsbild von der Ostsee.

Wie jeden Morgen studierte Klaus seine Zeitung auf der Toilette. Dass Toiletten in Zukunft in unserem Leben eine große Rolle spielen würde, ahnten wir da noch nicht. Und dann ein lauter Ruf: „Schatz ich muss dir etwas vorlesen"!! Eine Firma aus Asien sucht für Kuwait dringend einen Manager für das kommende Jahr, speziell auf dem Gebiet Information, Kommunikation, Technik. Das passt auf mein Profil, ich lachte. Niemals!

Klaus war Verkaufsleiter in Kiel, liebte seinen Beruf und führte sein Team erfolgreich. Ich wusste, er war mit seiner Aufgabe nach vielen Jahren nicht mehr zufrieden und suchte nach neuen Herausforderungen. In seinem Job war keine Motivation tödlich.
Beworben hatte sich unser Ernährer bereits bei einer Firma im Bereich Hygiene mit dem Slogan „CWS make hand washing fun again" in Frankfurt, Hauptsitz Schweiz. Einladung nach Dreieich, der Manager dort merkte sofort, Klaus ist ein guter Vertriebsmann. Herr Klein, fangen Sie bitte schon gestern an. Vertrag war gut, mit Unterschrift alles besiegelt, beginn erster Januar 1978.

Wieder zu Hause lag die Zeitung mit dem Angebot für Kuwait immer noch auf dem Tisch. Sie lachte mich verlockend an, warum eigentlich nicht? Allerdings, in Gedanken waren es sowieso nur Hirngespinste.

Bei einer Urlaubsreise durch Ungarn, lernte ich Frau Hoffmann kennen. Eine Studienrätin aus Darmstadt. Ich verstand mich gut mit ihr, sie hatte eine Vorbildfunktion für mich.
Die ganze Familie besuchte uns in Laboe, hatten eine gute Zeit zusammen. Bei einem Telefonat mit ihr, erzählte ich von dem Angebot aus Kuwait. Sie war überhaupt nicht überrascht.
Frau Klein sie sind jung, worauf warten Sie? Es ist doch schon alles erreicht, ein schönes Zuhause, wirtschaftlicher Erfolg, starten sie neu durch. Wem wird ein solches Abenteuer geboten?
Auch noch vertraglich abgesichert. „Gehen Sie"! Und dann haute es mich fast vom Hocker. Das Radio in der Küche spielte den ganzen Tag.

Dann eine Unterhaltung, die Moderatorin brachte einen Spruch, in welchem Zusammenhang weiß ich heute nicht mehr, aber er lautete: „Der Mensch wurde mit Füssen und nicht mit Wurzeln geboren". Abends, mein Mann kam Heim, empfing ihn mit den Worten, du hast recht, wir schmeißen uns in das Abenteuer.

Kommenden morgen Bewerbungsunterlagen versandt. Schon zwei Tage später, Einladung zum Vorstellungsgespräch nach Amsterdam. Freundlicher Empfang, Gespräche verlaufen positiv, super Angebot aber auch hier bitte sofort. Klaus musste seine Kündigungszeit bei seinem jetzigen Arbeitgeber bedenken, sollen wir - sollen wir nicht? Eine Woche Bedenkzeit, wenn ja, dann Antritt zum 1.1.78.

Wieder zu Hause merkten wir, besaßen drei Arbeitsverträge. Einen bestehenden, einen bei CWS und einen für Kuwait. Schnell begriffen wir, was für eine Aufgabe auf uns zukommt.

Familiendiskussion, das Schlimmste für mich war unser Sohn. Wir besprachen alles, was ist mit Schule, Freunden und seinem geliebten Kiel? Er stand unserm Vorhaben nicht positiv gegenüber.

Diskussion - Diskussion, Stunden lang, er hatte wenig Chancen. Wir sagten Kuwait zu, Klaus kündigte seinen jetzigen Arbeitsvertrag und widerrief den mit CWS geschlossenen Vertrag, sie drohten mit Klage. Was für ein „ACAWAS"!

Die drei Monate vor unserer Abfahrt werden wir niemals vergessen. Mit Freunden und Verwandtschaft diskutiert, selbst mein Vater fragte, habt ihr etwas angestellt, müsst ihr Deutschland verlassen?

Mit Kollegen über das Für und Wider gesprochen, die meisten beneideten uns um unsern Mut und Neuanfang.

Wichtige Dinge standen nun an:
Wohnung kündigen, Möbel einlagern, Nicolas Schulplatz in der amerikanischen High-School

sicherstellen.

Er war verwundert, warum packst du meine dunkelblaue Konfirmationshose ein? Er ahnte nicht, sie wurde ein Teil seiner Schuluniform. Alles regelte sich.

Wir drei feiern Weihnachten in Kuwait. Dass der Heiligabend eine besondere Bedeutung bekommen würde, ahnten wir nicht.

Fühlt man sich zuhause, „kommt man immer gern zurück". An unserer Haustür hing stets ein Bild, eine Katze am Fenster, die Einlass will. Auch wir wollten, für unser zukünftiges Heim, das Gefühl der Wärme nicht missen und beschlossen vertraute Wohnaccessoires mitzunehmen. Also Flugtickets zurückgesandt, der Beschluss: Wir fahren mit dem Auto Richtung Orient. Unsere Fahrzeuge, mein Mini, Klaus BMW und Motorrad, alles verkauft.

Eigentlich wollten wir einen Ford Kleintransporter erwerben, fanden seine Form sehr gefällig und für Arabien wichtig, er hatte Wasserkühlung. Nach genauer Prüfung wurden wir aufgeklärt, Ford war in Kuwait black listet. Doch andere Fahrzeughersteller haben ebenfalls praktische Autos. Nun stand vor unserer Haustür ein Nagelneuer, weißer VW-Bus.

Dass er Heiligabend unser Wohnzimmer sein wird, konnten wir nicht voraussehen.

Eine Frage vor der Abfahrt blieb noch. Nicolas ging zur Schule, Vater hatte seinen Arbeitsplatz und die Mutter? Klaus hatte eine glorreiche Idee. Wie wäre es mit dem Hygieneprodukt?

Die haben in Kuwait doch auch jede Menge Toiletten für Seifen und Handtuchspender. Bei CWS in Frankfurt konnten wir wegen des nicht angetretenen Jobs, ja nicht mehr fragen, ob wir die Produkte in Kuwait verkaufen können.

Also meldeten wir uns direkt, bei der Hauptverwaltung in der Schweiz. Nach Terminvereinbarung empfing uns der Geschäftsführer Herr Arabian. Trugen unseren Plan vor, er wurde mit Begeisterung aufgenommen. Natürlich gab es Zweifel, wie sollte eine Frau dieses in Arabien schaffen.

Ein Versuch war es Wert, bekamen den Vertrag für Kuwait, um dort die CWS Produkte zu vertreiben. Danach führte Herr Arabian uns durch die total organisierte Wäscherei. Waschmaschinen, riesengroß vom Boden bis zur Decke.

Vorne mit schmutzigen Stoffhandtücher bestückt, auf der Rückseite die blühten weisen entnommen. Ganz stolz war CWS über die Aufbereitungsanlage, um genutzte Wasser der Wäscherei und Autowaschanlage, wieder sauber an die Stadt abzugeben. Bei der Verabschiedung stand die gesamte Geschäftsführung an der Tür, am liebsten wären sie selbst gefahren. Die erste kleine Warenlieferung, kam übrigens mit einem Track, der die gleiche Route zurücklegte, die wir im Dezember gefahren waren, Frankfurt – Kuwait! Später kam alles per Seefracht, bis zu zwei Container im Monat.

Das Kuwait ein großes Abenteuer werden würde, erzähle ich später in kleinen Geschichten.

Nun musste nur noch unser Bully beladen werden, etliche Umzugskartons mit unseren kleinen Kostbarkeiten wurden verstaut. Auch ein Bild mit einem Kriegsgefangenen, ein Selbstbildnis eines Onkels. Es zeigt ihn mit warmer Fellmütze, langes gestrecktes Kinn, lange Nase und stechende wachsame Augen. Später mussten wir lachen, wenn wir Bilder des Wohnzimmers aus Kuwait ansahen. Wie kamen wir auf die Idee, ein so stark wirkendes Sibirisches Winterbild in die Wüstenhitze mitzunehmen. Liebten ihn, er war uns ein familiärer Begleiter.

Viele kleine Fläschchen Alkohol, meine Kochkünste wurden damit verfeinert. Aber Achtung, in Kuwait herrschte Alkoholverbot. Unser Hausarzt in Kiel, verschrieb mir nach langem Betteln ein Antibiotikum, für alle Fälle. Ich versprach, bei nicht Gebrauch die Tabletten zurück zu bringen.

Auch diese wurden irgendwo im Auto verstaut, würden sie sowieso nicht gebrauchen. Endlich war alles verstaut, Weihnachtsplätzchen und Pasteten in Hülle und Fülle. Dies war wichtig, wir drei sind große Nascher und für die Fahrt starke Nervennahrung. Der Bus war voll, uns selbst blieb die Frontbank, von dort hatten wir wenigstens eine gute Sicht. Alles erledigt!

Abfahrt am 15. Dezember 1977!!!!!

Erste Station Frankfurt, noch fuhren wir auf der Autobahn, aufpassen auf die Ausfahrt Dreieich. Dort hatte uns CWS Schweiz bereits avisiert. Uns war mulmig, wusste CWS Frankfurt, dass wir die neue Vertretung für Kuwait sind? Schnell an die Rampe, Produktmodelle standen bereit zur Verladung, alles klappte reibungslos. Der letzte freie Platz im Bus war belegt.

Tief durchatmen und dann nichts wie weg. Mein Herz klopfte, werde ich je in den Markt gehen, mit schlechten englisch Kenntnissen, ganz geschweige von arabischen. Worauf habe ich mich da bloß eingelassen.

16

Waren gut in der Zeit, erste Übernachtung bei Salzburg in Österreich. Bei einem leckeren Abendessen und wohlklingender Zittermusik. Die zukünftige Musik, welche auf uns zukam, war für unsere Ohren fremdartig und gewöhnungsbedürftig. Die ersten Tausend von Siebentausend Kilometern waren geschafft. Nächsten Morgen, nach einem ausgiebigen Frühstück, Abreise aus unserem gemütlichen Hotel. Das Personal verabschiedete sich herzlich, sie konnten uns nicht einordnen, wir wirkten doch ganz normal, warum begeben sich diese Leute in ein solches Risiko. (Voller VW-Bus, durchs wilde Kurdistan und nicht immer zu verstehendes Arabien).

Also auf in Richtung Jugoslawien. Die Straßen führten uns durch schöne Panoramen, auf dem Weg zu unserem geliebten Wörthersee. Viele Urlaube wurden mit unserem Dreikäsehoch dort genossen.

Noch am Vormittag erreichten wir Klagenfurt. Welch ein Duft schwebte an unserem

Geruchsorgan vorbei. Genossen ein einmalig, leckeres, warmes Leberkäs Brötchen, für lange Zeit das letzte.

Dann ging es über den Alpenpass Richtung Jugoslawien (heute Slowenien).

Zwischendurch eine Pause, wer viel trinkt, muss öfters die Flüssigkeit ausscheiden. Eine kleine Einfahrt kam uns gelegen, erledigten unser Geschäft, die Kälte biss. Nicolas stand dort mit eingezogenem Kopf.

Ich glaube es war nicht nur die Kälte, konnte in seinem Gesicht die Frage lesen, was wird passieren?

Ab ins Auto, ist zwischenzeitlich unser Zuhause geworden.

Erreichten die jugoslawische Grenze, erste Zollstation. Aufgrund unserer Zollnummer hielten die Beamten uns für Türken auf der Heimreise. Viel Erklärung, warum – wohin, merkten ein deutscher Pass ist hilfreich.

Bei Anbruch der Dunkelheit erreichten wir Laibach (Ljubljana). Finden schnell ein kleines Hotel, noch eine Kleinigkeit essen, dann ab ins

Bett. Gelesen hatte ich, in einem Automagazin über die mörderische Autoputta Jugoslawiens. Berichtet wurde, Autowracks säumen die Straße. Nun, wer wird eine Zeitung lesen ohne Nervenkitzel. Sahen ein, maximal zwei demolierte Autos am Straßenrand. Kamen gut voran, passierten Zagreb, dann Belgrad, übernachteten in einem Auto - Motel vor Nis.

Wie üblich in sozialistischen Ländern, erst das Rauschen des Wasserkastens im Klosett reparieren, es wurde zur Routine. Das Schweizer Taschenmesser, war unsere Werkzeugkiste, wurde auf dieser Reise unentbehrlich. Gut gefrühstückt, auf nach Bulgarien.

Nach kurzer Fahrt durch Nis - Polizeikontrolle. Da unser Bus die Zollnummer führte, hielten die Polizisten uns wieder für Türken. Merkten, diese Route war voll in türkischer Hand. Arme Türken, sicherlich brauchen sie viel Bakschies, um nach Hause zu kommen. Nach Diskussion wurden wir wieder, dank unserer Pässe, mit guten Wünschen zur Weiterfahrt aufgefordert. Nach hundert Kilometer, Bulgarien. Das

Verhalten der Zöllner änderte sich: Abspiegelung unter dem Auto, Pässe für zwanzig Minuten verschwunden. Wieder Diskussion, wohin - woher - warum? Endlich, sei Dank, Stempel in die Pässe und ab nach Sofia. In dieser Stadt lernten wir neue Überraschungen kennen. Schlafen in einem, frühstücken in einem anderen Hotel. Am Abend machten wir uns frisch für einen ausgiebigen Bummel durch die City und landete im Restaurant Budapest. Auf der Karte wurde ein Überraschungsessen angeboten, wir waren gespannt. Die Überraschung: Bier aus der Kaffeekanne mit abgebrochener Tülle.

Aus unserem Schmunzeln wurde herzhaftes Lachen. Am nächsten Morgen wurden wir nachdenklicher, war es die richtige Entscheidung?

Die frühe Dunkelheit, Winterzeit, die komische Atmosphäre hinterließ Spuren in unserem Denken.

Aufbruch nach Istanbul. Musikkassette eingelegt unsere Abenteuerstimmung stieg:

Dummes Gerede, ein Zurück gab es nicht. Ob alles noch schlimmer kommen würde? Wir sind keine Hellseher. Einen Stopp und Snack in Plovdin. Eine wohlverdiente Pause. Ankunft an der türkischen Grenze früh nachmittags.

Die Grenzstation, die wir aus einer früheren Reise kannten, bestand damals aus einer Bretterbude.

1977 trafen wir auf einen Grenzübergang, der wie eine Kleinstadt wirkte, sicherlich entstanden durch die Heimreisen der türkischen Gastarbeiter aus Deutschland. Eine endlose Schlange vollbeladener Autos, warteten auf ihre Einreise. Hatten das Gefühl, sie mussten einen totalen Striptease ihres Autos vornehmen. Alle Ware raus, kontrolliert, dann wieder alle Ware rein. Das kann dauern!! Ein kleiner türkischer Junge entdeckte uns, kam auf uns zu mit der Frage, du Almany?

Gib Pass und türkische Lira, ich mach ganz schnell Grenzübergang. Nun war Vertrauen gefragt.

Tatsächlich stand der Knabe, nach kurzer Zeit

mit allen Formalitäten vor uns. Wir passierten mit gesenktem Kopf, die warteten Autos. Unterhielten uns während der Wartezeit, mit einem Trucker.

Er erzählte, den Job des Zolldirektors bekommst du nur gegen einen großen zu zahlenden Abstand an den Vorgänger.

Nach hundert Kilometer erreichten wir am Abend Istanbul. Bei Ankunft in der Großstadt, viel uns auf, Vorfahrt hat nur der Stärkere. Ein Auto neben uns hupte und merkte wir sind ortsunkundig.

Ein Türke mit deutsch Kenntnissen winkte uns zu und rief, fahren nicht kucken! Wir folgten seinem Rat. Schnell merken wir auch, die Hupe ist das wichtigste für einen orientalischen Autofahrer.

Schon vorher war beschlossen, nach all den sozialistischen Herbergen, brauchen wir eine gute Unterkunft. Und landeten am Bosporus im Hilton Hotel. Blieben einen Tag und frischten Erinnerungen an Istanbul auf. In den sechziger Jahren überquerten wir den

Bosporus noch mit einer Schiffsfähre. Personen, Autos, Tiere, alles wurde mit den Fähren übergesetzt und noch mehr, der gesamte Handel und Wandel fand auch auf den Schiffen statt. Jetzt überquerte den Bosporus eine riesige Brücke, was für eine Erleichterung. Aus unserem Hotel Fenster schauten wir auf den Bosporus, die Trennung zwischen Europa und Asien.

Vorm Einschlafen philosophierten wir noch einmal über Istanbul. Hatten bei unserem Besuch in den Sechziger Jahren die meisten Sehenswürdigkeiten besichtigt, das Topkapi Museum, Hagia-Sofia und den großen Basar in der Istanbuler Altstadt, am Goldenen Horn. Sprachen über König Konstantin, er hatte vierhundert Jahren nach Jesus Christus diese Stadt mit dem Namen Konstantinopel gegründet. Träumten noch, wie es wohl gewesen wäre, hätten wir in dieser Stadt zur gleichen Zeit gelebt.

Nächster Morgen Aufbruch nach Ankara, überqueren die neue Bosporus Brücke, tolle breite Straßen. Noch eine ganze Weile auf der asiatischen Seite, bleibt es Zweispurig, wodurch wir gut vorankamen. Nach zirka hundertfünfzig Kilometern erreichten wir das erste Mittelgebirge.

Schneefall setzte ein, es wurde ungemütlich. Unser Bully, trotz Sommerreifen reagierte noch nicht auf den Schnee.

Stießen auf die ersten Trucks am Straßenrand, die Schneeketten anlegten, hatten Schnee erst im Taurus Gebirge erwartet. Bravo Bully, er schaffte die Berge.

Von uns dreien fing einer an durchzuhängen. Unser Sohn, ich machte mir große Sorgen.

Fieber stellte sich ein, er lag mit seinem Kopf, auf meinem Schoß, seine Beine angezogen bis zum Kinn, wir wollten unbedingt Ankara erreichen. Keine Hotelsuche, wieder ab ins Hilton, der Junge musste sofort ab ins Bett. Wie erwähnt hatte ich vorgesorgt. Die Antibiotika, bekam der Arzt in Kiel nicht zurück. Noch heute meinen Dank, er hatte eine gute Tat vollbracht.

Runter in die Garage, Bully durchsucht, fand die Antibiotika, danke Schutzengel!

Sie zu nutzen lag uns fern, in diesem Moment waren die Tabletten eine Kostbarkeit.

Der Aufenthalt kostete uns drei Tage. Die Planung, Weihnachten in Kuwait zu sein, ging nicht auf. Ankara erschien uns langweilig, verbrachten die Zeit in der Hotellobby.

Nicolas war ein Stehaufmännchen. Am dritten Tag starteten wir unsere Weiterreise.

Unser Plan über die Europastraße 30 erst Adana, Iskenderun und danach die syrische Grenze anzusteuern. Passieren einen ca. siebzig Kilometer langen Salzsee. Erreichen die Stadt Aksaray, die Straße führt uns jetzt weiter ins Taurus Gebirge, sei Dank kein Schnee.

Kamen schnell voran. Durchfahrt durch viele kleine Dörfer, manchmal sahen wir im Tal auch eine Stadt.

Bei der Abfahrt aus dem Gebirge erreichen wir eine Schnellstraße, die uns bis nach Adana führte.

Kurzer halt für Snack, Toilette und ein paar Kniebeugen. Weiterfahrt nach Iskenderun.

Auf dem Weg dahin passieren wir ein wunderschönes Waldgebiet, dem Schwarzwald ähnlich, auf der rechten Seite schimmerte das Mittelmeer durch die Bäume. Schlafen wir hier, oder erreichen wir noch Latakia in Syrien. Beschließen weiterfahrt. Nach weiteren hundert Kilometer, die Türkisch- Syrische Grenze. Freundliches Auschecken aus der Türkei, nach weitere 200 Meter der syrische Zoll. Große Überraschung, der syrische Zoll erklärt unseren geliebten Bully zum kommerziellen Fahrzeug. Bedeutet: sollen $1200 hinterlegen, die „angeblich" bei der Ausreise zurückerstattet würden. Begriffen sofort, dieses Geld wäre verloren auf nimmer wiedersehen.

Was jetzt? Kurze Beratung, zurück! Auto wenden, stehen wieder beim türkischen Zoll, lachende Zollbeamte, die uns aus Mitleid schnell durchwinken. Einzige Lösung, Syrien umfahren und im Osten in den Irak einreisen.

Übernachtung in Iskenderun. Unser voll beladenes Auto, hatte seine Notherberge am Straßenrand. Das Hotel, in dem wir eincheckten, war an Schlaf nicht zu denken.

Alle zwei Stunden lief einer von uns ans Fenster, aus Sorge um unser Hab und Gut. Auch unser Schlafplatz war dürftig, wir kuschelten eng aneinander. Der Blick an die Zimmerdecke ließ uns erstarren.

Die Deckenfarbe hing in Fetzen herunter. Alles andere war im gleichen Zustand. Zähne putzen wurde das erste Mal abgesagt, beim Anblick des Waschbeckens überfiel uns ein Würgegefühl.

Morgens 06:00 Uhr Aufbruch, wir hatten das erste Mal kein Problem damit.

Abfahrt, auf die extra tausend Kilometer.

ES WAR HEILIGABEND!!!!!!

Unsere Straße führte an der türkisch- syrischen Grenze Entlang. Passierten die Städte Gaziantep, Urfa, Mardin. Dazwischen bergiges Land, meistens Wüste, das wilde Kurdistan.

In Urfa endlich eine Tankstelle. Die Gegend war einsam und trotzdem waren wir in wenigen Minuten von einer Menschentraube belagert. Sie hingen an den Scheiben unseres VW Busses. Abseits des Dorfes hielten wir und sicherten unsere Scheiben mit den CWS Werbeplakaten gegen zu viel Neugierigkeit. Zur Erinnerung, wir haben Heiligabend!!! Für die Menschen hier, sicherlich ohne Bedeutung, aber wir wollten ihn eigentlich in Kuwait verbringen.

Fahren auf Mardin zu, eine alte, in Mesopotamien gelegene Stadt, sogar mit Bischofssitz.

Nach Mardin bog die Straße zur türkisch- irakischen Grenze ab. Unseren Heiligabend, wollten wir endlich in Mosul verbringen.

Die Überschreitung der Grenze in den Irak dauerte lange. Es waren nicht wirklich Probleme. Mussten viel Tee trinken, viel erzählen, was man alles in Deutschland kaufen kann.

Um nicht unhöflich zu wirken und baldmöglichst aufzubrechen, ließen wir alles über uns ergehen. Besorgt uns bitte einen Quelle Katalog, einer wollte schnell möglichst eine Nähmaschine, meine war sei Dank, gut verstaut im Bauch unseres Bullys.

Endlich gelang es uns mit Verspätung aufzubrechen. Die Dunkelheit brach plötzlich ein, waren bereits zwölf Stunden auf der Landstraße und noch 80 Kilometer bis Mosul.

In der Innenstadt hielten wir Ausschau nach einem Hotel. Wunderten uns über die vielen Menschen auf den Straßen. Es war Ramadan. Anhalten, aussteigen, da standen wir vier. Unser Fahrzeug war inzwischen unser Partner geworden, von einer Menschentraube belagert. Almany?

Es waren um diese Jahreszeit, kaum ausländische Besucher in Mosul. Alles lief ruhig und freundlich ab. Trotzdem beschlich uns eine Angst. Wir sollten mitkommen, Tee trinken, Essen und möglichst nicht nach Kuwait fahren.

Beschlossen nicht zu bleiben, mit dem Bewusstsein, Bagdad liegt noch 500 Kilometer entfernt. Wir brachen auf. Die freundlichen Menschen feierten ihren Ramadan. Immer noch ist der 24. Dezember, unser Heiligabend. Schade, dass wir keine Zeit hatten, hätte so gerne die Ruinen von Ninive gesehen.

Als Schülerin hatte mich die Geschichte von Jonas dem Propheten, der vom Wal verschluckt wurde und hier landete fasziniert, jedoch sie blieb mir immer rätselhaft.

Da vermutet wird, dass Jonas hier begraben ist, wurden die Ruinen ein Wallfahrtsort für Juden, Christen und Moslems. Sag zu mir selbst, das nächste Mal!

Im Auto begann die Diskussion: Wie wäre der heutige Abend zu Hause abgelaufen.

Die Weihnachtssüßigkeiten waren seit Istanbul verbraucht. Für unseren Sohn hatte das in Deutschland übliche Konsum Weihnachtsfest, mit einem Mal eine andere Bedeutung: Wir philosophierten weiter in unseren Gedanken, wie dieser Abend zu Hause abgelaufen wäre. Um sechs Uhr Bescherung, Abendessen, sich mit den Geschenken beschäftigen. Und das größte der TANNENBAUM.

Dieses Gespräch, auf einer dreisitzigen Front Bank, eng aneinandergepresst, in der dunklen Nacht, durch die ebenfalls dunkle Wüste.

Auf der ganzen, einsamen Strecke begegnete uns kaum ein Personenwagen, nur ab und zu einem Lkw. Passierten kleine Dörfer und einsame Städte, die Stunden summierten sich, morgens 06:00 Uhr aufgebrochen. Uns aber wurde bewusst, wir besitzen das Kostbarste „uns".

Immer wieder wurde Klaus angestoßen, nicht schlafen, konzentrieren.

Dann der plötzliche Adrenalin Stoß, wir fuhren in ein grelles Scheinwerferlicht, vor uns eine Militärkontrolle!!

Maschinengewehre auf uns gerichtet!! Die Soldaten forderten uns auf auszusteigen. Mussten erklären, warum wir nachts, durch den Irak fuhren.

Deutsche Pässe, ein wenig Arabisch: Salam Malekum, Kifaleck, Inschallah, halfen dabei, dass sich die Atmosphäre entspannte. Nach Prüfung unserer Dokumente, versuchten die Soldaten uns zu überzeugen, doch nicht nach Kuwait zu gehen, sollten lieber im Irak bleiben. Wieder Tee trinken und die Bestätigung Almany Quiz (Deutsche gut). Später beim Betrachten der Karte, fand dieser Militär Check, vor Samarra statt, der Geburtsgegend von Saddam Hussein. Freundliche Verabschiedung, mit einem großen „Ma – Salama", wurden wir zur Weiterfahrt aufgefordert. Später nach längerer Zeit in Arabien, stellten wir fest, dass die Iraker zu den freundlichsten Arabern gehörten. Arabische Kollegen, erzählten immer wieder, wenn du in den Irak fährst pass auf, erst wirst du gehängt, und dann wird gefragt, was hat er eigentlich getan? Arabischer Spaß über die Iraker.

Unsere persönliche Erfahrung, danke Iraker, ihr habt uns stets geholfen. Noch 100 Kilometer bis Bagdad. Langsam kam die Morgenröte und wir sahen die Ersten Bagdad Hinweise. Irgendwo westlich von uns war Palästina. Hatten das Gefühl, in dieser Gegend ist Jesus Christus geboren.

„FROHE WEIHNACHTEN"

Endlich Bagdad. Welch ein Heiliger Abend, verdammt anders als wir es bisher kannten. Vierundzwanzig Stunden Reise, Iskenderun – Bagdad. Wir waren kaputt.

Unsere Körper streikten. Im Hilton Hotel saßen wir morgens auf dem Bett, die Tränen liefern herunter. Ich selbst fing laut an zu schreien. Schade, hätte lieber in einen Wald gebrüllt. Noch ein Bier, nur noch schlafen, bis spät nachmittags. Der Bully stand sicher in der Hotelgarage. Danke liebes Auto!

Beschluss: die kommenden zwei Tage Erholung in Bagdad. Später erfuhren wir, die Grenze Syriens in den Irak, war wegen politischer Spannungen geschlossen. Was in arabischen

Ländern keine Seltenheit ist. Für uns erwies sich der Umweg um Syrien herum, als Glück im Unglück.

Empfehlung des Portiers, esst ihr gerne Fisch? dann geht runter zur Uferpromenade des Tigris. Mehrere Restaurants boten sich an. In dem Lokal, das wir aussuchten, empfahl der Kellner einen Fisch aus dem Tigris, dem Barsch ähnlich auf Holzkohle gegrillt.

Empfehlenswert, sehr lecker! Nach dem Genuss, schnell zurück zur Herberge. Auf dem Weg dahin Diskussion, durch welche Historische Stadt spazieren wir gerade. Weit vor Europa waren hier schon viele Wissenschaftliche Erkenntnisse erforscht. Auch ich wäre gerne auf all die Figuren aus tausend und einer Nacht getroffen, das nächste Mal treffe ich dich „Scheherazade". Müdigkeit überfiel uns, schliefen die Nacht tief durch.

Nächster Tag, Kontaktaufnahme mit unserem neuen Arbeitgeber in Kuwait.

Vielleicht hat er uns bereits vermisst, wir

waren ja zwei Tage in Verzug. Pünktlichkeit im Orient? Inschallah, Gott hatte uns aufgehalten. Avisierten unsere Ankunft am 28. Dezember, früh nachmittags. Mussten an der Grenze abgeholt werden, da wir keine Visa besaßen. Hoffentlich geht alles gut.

Bummel durch Bagdad, probieren arabisches Essen, überprüfen unseren Bully.

Hielten an vielen Teehäusern, waren schnell im Gespräch, überall trafen wir auf freundliche Menschen.

Erholten uns schnell, von unserer vierund-zwanzig Stunden Reise.

Am Morgen 06:00 Uhr, Aufbruch nach Basra Richtung kuwaitische Grenze. Kurz hinter Bagdad merkten wir, das politische Spannungen im Land waren. Viele Militär Konvois kamen uns entgegen. Wegweiser zeigten die Straße nach Babylon, diesen Besuch heben wir uns für später auf, ha, ha, ha!!!! Hatten unseren Humor nicht ganz verloren.

Die Eindrücke der Städte waren eine Tristesse.

Passierten die Städte Kut und Amara.

Unser Sohn war verzweifelt. Mutti, sieht es in Kuwait auch derart aus? Antworte verzweifelt, ich weiß es nicht. Esel, Schafe und Kühe machten auf uns den Eindruck, als träumten sie von Schleswig-Holstein grünen Wiesen und saftigem Gras.

Circa achtzig Kilometer hinter Amara, vereinigen sich die Flüsse Euphrat und Tigris. Hatten beide schon bei der Durchfahrt in der Türkei überquert. Der Fluss heißt jetzt Shat-Al-Arab und wird gleichzeitig Grenzfluss zwischen Irak und Iran. Im Sommer herrschen hier 49 Grad im Schatten, bei hoher Luftfeuchtigkeit. Philosophierten, falls wir nach unserem Leben in die Hölle kommen, der Platz ist hier.

Bei der Anfahrt auf Basra bemerkten wir die vielen Ziegeleien. Die Ziegelsteine säuberlich im Freien gestapelt.

Einige Forscher stellen die These auf, dass hier der Platz war, wo Menschen herausfanden, durch Ziegel Behausungen zu bauen.

Der Shat-Al-Arab verließ uns hier auf der linken

Seite und fließt in den Persischen Golf.

Trafen noch viele kleine Flussarme, ähnlich einem Delta, auf unserem Weg Richtung Kuwaits Grenze. Nochmals kleiner Stopp in Basra, eine Kleinigkeit Essen, lecker Tabule mit Falafel. Unsere Zeitspanne war ausreichend, nur noch dreißig Kilometer, die ersehnte Grenze Kuwaits war greifbar. Fuhren auf eine einfache Holzbaracke, in U Form gebaut zu, von Wüste umgeben. In der Mitte der Anlage, ein großer Pfahl, aussehend wie ein Baum, auf dem Erdboden zerbrochene Glasscheiben, mit den Labels aller bekannten Alkoholmarken. Ich bekam einen Schreck, tickte Klaus an, du hast doch auch? sahen uns an, sagten nichts. Sei Dank, stand eine Mitarbeiterin der Firma mit den Visen an der Grenze.

Ihr Name Robin, eine Engländerin, sie erwartete uns aufgeregt.

Dann der nächste Schreck, Auto zurücklassen, es gab keine Zollabfertigung an der Grenze.

Durften mit den mitgebrachten Visen einreisen, unseren geliebten Bully mit Schlüssel und

Inhalt einfach zurücklassen. Mit Robin fuhren wir die achtzig Kilometer bis Kuwait City.

Kommenden morgen fuhren Klaus und Nicolas mit einem Custom Broker, zurück an die Grenze. Im Konvoi ging es dann zum Kuwait Zoll in die City. Hauptsächlich Trucks, ein Pkw und unser Bully. Ab in den Zoll - Compound. Natürlich wurde mittags der Zoll geschlossen, Pech! Morgens in aller Frühe, wieder an den gleichen Ort.

Waren deklarieren und Auto nach Kuwait einführen, notwendig, um bei dem Verkehrsamt eine kuwaitische Zulassung mit Nummernschild zu bekommen. Auch wir hatten geschmuggelt, die Aufregung versuchte Klaus zu unterdrücken. Im Motorraum waren je eine Gallone Whisky und Gin versteckt, was beim VW-Bus gut möglich war. Alle Papiere in der Hand, dann ging die Schranke auf, wir waren angekommen. Die nächsten acht Jahre wurde Kuwait unser Zuhause. Vier Wochen später wurde auch unser Bully Kuwaiter, statt deutscher Zollnummer, mit einem kuwaitischen Nummernschild bestückt. Diese Fahrt wurde in unserem Gedächtnis für immer eingeprägt.

Die Reise in der Weihnachtszeit, total unverständlich, voller Aufregung, Spannungen, erlebnisreiche Bilder von Landschaften und Menschen, mit dem Höhepunkt an „Heiligabend in Maschinengewehre zu gucken". Schnell lernten wir, warum uns die Araber brauchten. Logistik und Organisation sind nicht ihre Sache. Obwohl seit drei Monaten bekannt war, dass wir kommen, ist unsere Wohnung nicht fertig eingerichtet. Kommenden Morgen rein in unsren noch voll beladenen Bully. Ab zum General Manager Mr. Matin. Ich war innerlich stink Sauer, wenn nicht schnellstens unsere Wohnung fertig ist, fahren wir mit unserem Bully, der noch beladen ist, sofort zurück! Seine Antwort: easy, easy, Mrs. Klein, meine Antwort: Nix easy, easy, die Wohnung war nach drei Tagen fertig.

Kuwait ist etwas kleiner von der Fläche als Schleswig-Holstein. Das Zentrum heißt Kuwait

City. Im Norden der Irak, im Süden Saudi-Arabien, im Osten die Küste des Persischen Golfs und der Rest viel Wüste. Von Zeit zu Zeit bekamen die meisten Menschen, die in Kuwait lebten, einen sogenannten Inselkoller. Dann war Zypern oder der Libanon gerade recht, um für ein paar Tage abzuschalten. Wir lebten im Stadtteil Salmiya, direkt am Persischen Golf, nur eine Straße trennte uns vom Meer.

Wohnten Parterre, über uns zwei Stockwerke, umgeben von einer Steinmauer. Vor unserem Fenster drei große ineinander gewachsene immergrüne Bäume. Sie waren die reinsteten Luftfilter, um Sandsturm und Sonnenstrahlen zu vermindern. Die Wohnung hatte eine großzügige Aufteilung, das Wohnzimmer sechzig Quadratmeter.

Sogar das zukünftige Büro und Schreibtisch fand seinen Platz. Aus der Küche führte eine Glastür auf eine kleine Terrasse, die mit Fliegengitter verkleidet war. Das unglaubliche, dieser Platz wurde später unsere Weinkellerei. Drei große fünfzig Liter Fässer wurden benutzt, um Rotwein zu produzieren. Roter Traubensaft, Weinhefe, sowie Zubehör aus Kitzingen.

Der Gärungsprozess, bei dieser Hitze kam sehr schnell in Wallung. Unser kostbarer Wein bekam sogar eine gewisse Berühmtheit und wir tauften ihn, „Salmiya Sunshine."

Unsere Eingewöhnung brauchte seine Zeit. Am zweiten Januar startete Klaus seinen neuen Arbeitsplatz, er wurde bereits sehnsüchtig erwartet. Nicolas Schulbeginn schoben wir ein wenig hinaus.

Keinen Parker, keine Holzklumpen, keine Jeans. Nein! Konfirmation Hose, weißes Hemd, dunkelblauer Pulli, schwarze Lederschuhe, seine neue Schuluniform.

Für ihn bedeutete es, der Unterricht in allen Fächern komplett in Englisch. Meine beiden Männer fuhren zur Anmeldung in die amerikanische High-School. Sie wurden sehnsüchtig erwartet, die Plätze in der Schule waren meistens vergeben. Unserem Sohn war „kotze übel", kurz vor dem Umfallen. Er hatte eine starke, mentale Leistung vollbracht. Ich selbst begann meine Arbeit nach zwei Monaten, mit schlechten Englischkenntnissen, meinen Katalog hatte ich auswendig gelernt. Wie es scheint, am Ende alles gut, was ich nicht ahnte, nach acht Jahren war ich Marktführer. In all den Monaten und Jahren ergaben sich viele Ereignisse, Erlebnisse, Begegnungen, die viele kleine, spannende und auch lustige Geschichten hervorbrachten.

2 BUSINESS LIVE IN KUWAIT

1978 lebten in Kuwait 750 000 Kuwaiter und 1,5 Millionen Ausländer.

Nun muss man wissen, Kuwait ist kein attraktives Land, kaum Flora vorhanden und auch die Wüste gehörte nicht zur Idealvorstellung der Menschen.

Jeder war in diesem Land, um Geld zu machen. Wahrscheinlich waren die begehrten Geldscheine deshalb grün, weil kaum grünes im Lande war.

Juli-August brachte es immerhin auf fünfzig Grad im Schatten und am Meer gelegen herrschte große Luftfeuchtigkeit.

Um sich in Kuwait selbstständig zu machen, brauchte jeder Ausländer einen einheimischen Partner. Dieser wurde im Handelsregister mit einundfünfzig Prozent als Mitinhaber eingetragen. Privat wurde dann ein Vertrag geschlossen, der in den meisten Fällen eine fünfprozentige Abfindung auf die eingeführte Ware betrug.

Da jeder dem Geld nachjagte, entstanden so auch die unwahrscheinlichsten und korruptesten Geschichten. Zum Beispiel vergab das Ministerium einen Auftrag und die Produkte gehörten zu dem, welches ich verkaufte, kamen vom Office Boy bis zum Abteilungsleiter, in mein Büro und behaupteten, sie könnten dafür Sorge tragen, dass ich den Auftrag bekomme. Natürlich gegen Bares! „Versteht sich".

Die Art von Korruption und Geldschmiererei gehörten zu „fast" allen Geschäftsabläufen. Ich hatte immer das Gefühl, die Regierung duldete es und betrachtete dieses als Kavaliersdelikte. In Kuwait durften zwei Sachen nicht passieren, Morden oder politische Aktivitäten, dann schlug der Staat hart zu. Für alle andere Kriminalität gab es zwar Strafen, die sich hart anhörten (Junge küsst Mädchen auf der Straße, zehn Jahre Haft).

Ich stelle sehr schnell fest, dass zum Ramadan und Hadsch-Feiertagen viele Häftlinge aus dem Gefängnis nach kurzer Zeit entlassen wurden.

Mit dem Hinweis tu das ja nicht wieder. In meinen acht Jahren habe ich nicht von einer Verurteilung gehört wegen Korruption.

Meine erste Erfahrung mit Mauscheleien war, mit einem meiner ersten Kunden, die Commercial Bank. Mein Besuch im Büro der Bank lief standardmäßig ab. Ich saß gegenüber dem Einkäufer, gleichzeitig mit drei anderen Anbietern, mit den verschiedensten Geschäfts Vorschlägen. Schei-Tee, Meuer-Wasser, Barat-Erfrischungsgetränk, gehörten zum Standard-angebot jeder Firma. Für diese Getränke war ein Verasch (Office Boy) zuständig.

Führte meine Produkte vor, mit meinem mangelhaften Englisch.

Erhielt den Auftrag! War derart aufgeregt, kam Heim und zweifelte an dem Erfolg. Mein Mann fragte, bei wem warst du? Klaus hatte bereits Druckmaschinen an die Bank verkauft. Ich sagte bei einem Mann aus Pakistan, mit Namen Mohamed. Klaus lachte und sagte die

Worte: Bei Mister fünf Prozent! Nachdem mein Geschäft abgeschlossen war, meine Rechnung bezahlt, erschien Mister Mohamed und holte seine fünf Prozent. Aber es kam noch dicker. Etwa zwei oder drei Jahre später bekam ich einen Auftrag über vierzig Kartons Papier je zwölf Rollen. Freute mich über den Auftrag. Bei der Anlieferung im Lager der Commercial-Bank kam der Lagerist auf mich zu und sagte: ich bräuchte nicht auszuladen. Er grinste, gib mir deinen Lieferschein und unterschrieb, dass die Ware geliefert wurde.

Ich verstand die Welt nicht mehr. Was mache ich mit der verkauften Ware?

Konnte diese doch nicht wieder nach Hause bringen. Aufgeregt suchte ich Klaus auf, der schnell verstand was da ablief. Dieses Mal wollte Mohamed mehr Prozente. Volle Bezahlung für nicht geliefertes!

Ich bin sicher liebe Leser, sie haben ein wenig Einblick in Orientalische Geschäftsabläufe bekommen.

Wie mag das wohl bei größerer Industrie oder Waffengeschäfte sein?

Im Sommer, drei Tage vor unserer Abreise in die wohlverdienten Ferien, bestellte die Bank zwei Einheiten, also zwei Papierspender, sowie zwei Seifenspender für eine Filiale fünfzig Kilometer vor der Grenze zum Irak.
Die Gegend erschien mir ein wenig unheimlich und unvertraut.
Trotzdem, ich wurde herzlich empfangen. Mein Durst durch einen leckeren Schei-Tee gestillt.
Der Office Boy brachte meine Produkte in die Waschräume. Begann meine Arbeit. Zwei Einheiten „very easy for me"!
Der letzte Seifenspender mit einem Stift markiert, meine Hilti leistete gute Arbeit. Aber oh Schreck. Beim Hineinschauen des Bohrloches sah ich keine schwebenden Engelchen. Nein, ein kleiner wohlgeratener Wasserstrahl sprudelte mir entgegen.
Er war nicht zu stoppen, keine Knete, keine

Schraube. Dieses Missgeschick war mir das erste und sei Dank das letzte Mal passiert.

Dann eine Blitzidee! Hatte die Leitung des warmen Wassers angebohrt.

Wer braucht warmes Wasser bei fünfundvierzig Grad im Schatten? Mit all meiner Kraft wurde der Warmwasserhahn ruhiggestellt. Das kalte Nass funktionierte Tipp top. Dilemma alleine beendet, Scheck erhalten. Hallo Sommerferien, wir kommen,

3 DIE MOTORRAD ARIE

Im Nachhinein hat sich eine ganze Geschichte ergeben, die in Kuwait zum Höhepunkt unseres Sohnes wurde. Diese begann 1975 in Deutschland, Klaus kam Heim, sagte schaut aus dem Fenster, vor der Tür stand ein Mofa. Eine Kollegin in der Firma wurde schwanger und hatte es zu verkaufen.

Unser Sohn Nicolas war erst dreizehn, hätte frühestens mit 15 dieses Gefährt benutzen dürfen. Die Liebe zum Zweirad war geweckt. Benutzung nur auf Privatplätze, Waldwege, Felder und ähnliches. Nach weiteren drei Monaten war alles erforscht, im Bett mit Taschenlampe, unter der Bettdecke war die Betriebsanleitung einstudiert. Würden doch alle Fächer in der Schule genauso interessant sein. Verhindern ließ es sich nicht, dass er bald einen Schleichweg durch die Schrebergärten zur Schule fand. Mit ein bisschen Bauchschmerzen und schlechtem Gewissen duldeten wir es unter dem Motto, lass dich nicht erwischen.

Später zur Konfirmation stand auf dem Wunschzettel ein kleines Geländemotorrad. Einen Führerschein hatte Nicolas immer noch nicht. Von Zeit zu Zeit fuhr er unsere abgelegene Straße vor dem Haus hoch und runter. Es war ein schöner, sonniger Tag. Oma Klein aus Hamburg war zu Besuch. Hatten gerade ein leckeres Mittagessen beendet, saßen noch am Esstisch, unser Sohn kam mit einer Gelassenheit ins Zimmer und sagte, draußen ist die Polizei. Er wurde in unserer einsamen Wilhelm – Sprott - Straße ohne Nummernschild auffällig. Der Polizist war sehr aufgebracht, wir Versicherten es würde nicht wieder vorkommen. Aber er bestand darauf eine Anzeige zu erstatten. Erklärten dieses sei doch nicht so schlimm, er sollte davon absehen, jeder normale Junge könnte einem Versuch nicht widerstehen. Der Polizist wurde grob, ob wir ihn bestechen wollten. Sechs Wochen später fuhren Mutter und Sohn zur Gerichtsverhandlung nach Plön.

Ich hatte geschworen keinen Mucks zu sagen, mir war sofort aufgefallen, die Richterin war bekannt durch Fernsehsendungen über Verkehrsunfälle und wirkte recht aggressiv auf mich. Beschuldigte Nicolas mit einer Bösartigkeit, so fängt es an und endet in der Kriminalität.

Alle meine Vorsätze waren dahin, die Glucke kam in mir hoch, stand auf, ermahnte sie, mein Sohn wäre doch kein normaler Junge, hätte er diesem Ausflug widerstanden. Sie schaute mich groß an und meinte, ich hätte recht. Nicolas wurde verurteilt, im Wald, bei Aufräumungsarbeiten zu helfen. Doch er streikte, das wäre nicht möglich, er hätte es im Rücken. Ich wäre fast im Erdboden versunken. Die Richterin fragte, wie er dann bestraft werden sollte. Er schlug vor eine Geldstrafe von 50 Mark. Die Mutter war wieder zur Stelle, du hast keine 50 Mark. Zum Schluss einigten wir uns auf 20 deutsche Mark.

Natürlich ging die Begeisterung für Motorräder auch in Kuwait weiter. Mr. Matin, Klaus zukünftiger Vorgesetzter hatte Beziehungen zu einer Spedition in Stuttgart. Jungfernfahrt für unseren Bully, dorthin brachten wir Gebrauchsgegenstände und natürlich auch das Motorrad.

Öffentliche Verkehrsmittel waren im Orient ein Fremdwort und wenn, fuhren sie nur nach dem Inshalla Prinzip (so Gott will). Also probierte unser Sohn wieder Motorrad zu fahren. Es musste kurz über lang ein Führerschein her. Alt genug, um einen Führerschein zu bekommen, war unser Sohn immer noch nicht. Was tun?
Natürlich wuchs unser kuwaitischer Bekanntenkreis und Freunde, schnell lernten wir arabischen Pragmatismus kennen. Musste jemand beispielsweise zum Militär, wurde

dieser nach Belieben auf einmal jünger. Gab es besondere Vorteile, wurde man plötzlich älter. Zwei bis drei Jahre jünger oder älter, ist doch eigentlich egal.   Lernten viele Menschen in Arabien kennen, die nicht wussten, wann sie geboren waren. Tagrieben (ungefähr) das war oft zu hören.   Nicki musste zwei Jahre älter werden, durch abdecken und hinzufügen auf Dokumenten wurde er achtzehn Jahre.

Also Vater und Sohn zum Verkehrsamt. Man muss wissen, zur Prüfung wird das eigene Motorrad mitgebracht! Nicki vorweg auf dem Zweirad, Vater hinterher mit dem Auto.

Antragsformulare ausgefüllt, Papiere einge-reicht, alle Stempel bekommen. Auf zur Prüfung.
Erst die praktische, bestand man diese, ab zur theoretischen. Vater und Sohn machten ihre Fahrprüfung auf einem vorgesehenen Gelände. Hurra, beide bestanden. Ab in den Raum für den theoretischen Test. Beide bekamen einen

Fragebogen, zusammen mit etwa 20 Teilnehmern. Zirka sieben Fragen mussten beantwortet werden, diese waren kinderleicht. Wer fertig war, gab seinen Bogen vorne beim Prüfer ab. Unser Sohn erledigte dieses in zwei Minuten, Vater auch. Das war für den Prüfer zu schnell. Ein achtzehnjähriger (laut Antrag) könnte das niemals so schnell schaffen. Der Vater, von Beruf Mudier (Manager) könnte das. Der Sohn fiel durch, der Vater bestand. Obwohl Nicolas Fahrkenntnisse, weit besser waren als die seines Vaters. Also wieder aufs Motorrad, ab nach Hause. Lagebesprechung, Freunde einschalten.

Einer kannte den Polizeipräsidenten. Der gab ein Empfehlungsschreiben, unser Bruder Nicolas braucht den Führerschein. (im Orient sind alle Brüder und Schwestern). Wieder zum Verkehrsamt, beim Leiter den Brief abgegeben. Nach einigen Telefonaten bekam unser Sohn seinen Führerschein, herzlichen Glückwunsch!! Endlich stand nichts mehr im Wege seine Maschine offiziell zu fahren. Diese Entwicklung führte dazu, dass er ein neues größeres Fahrzeug bekam. Das bedeutete für ihn Freiheit und Mobilität. Fahrten zur Schule, Freunde besuchen, sich für Ausflüge zu verabreden.

Das Motorrad blieb auch in Kuwait, nach dem er zum Studium in die USA ging und dann nutzte er es in den Semesterferien.

Nach dreieinhalb Jahren beendete unser Sohn seine High-School. Er bewarb sich um einen Studienplatz als Informatiker in Chico-Kalifornien. Der TOEFL Test war mit Erfolg bestanden, schulisch, stand nichts mehr im Wege.

Kurz darauf saßen Vater und Sohn im Gras von morgens 06:00 Uhr bis 13:00 Uhr nachmittags vor der amerikanischen Botschaft, sein Visum zu beantragen. Der Andrang war groß. Außerdem mussten wir den Nachweis erbringen, genügend Kapital zu besitzen, unseren Sohn auf unsere Kosten wieder zurückzuholen.

Das Formular, welches wir ausfüllten, durften unsere Eltern In der Vergangenheit weder Nazis noch Kommunisten gewesen sein. In den fünf Jahren seines Studiums durfte er auch keinen Arbeitsplatz annehmen.

Im Sommer 1981 brachten wir unser Kind zum Studium nach Kalifornien. Das Herzeleid war unendlich. Nach unserer Rückkehr nach Kuwait, stürzte ich mich in meine Arbeit. Meine Kunden waren eine große Hilfe. Zweimal im Jahr kam unser Student Heim, Weihnachten und in den fast dreimonatigen Semesterferien.

Wie bereits erwähnt, das Motorrad stand griffbereit in unserem Hauseingang. Bei seinem Besuch passierte Nicolas leider ein Unfall. Kuwait hatte teilweise schlechte Straßen, geschweige denn Bürgersteige. Beim Rückblick in den Spiegel sah Nicolas, dass er einen Mann mit dem Hinterrad gestreift hatte. Setzte zurück, kümmerte sich um den verletzten. Ich glaube, er war einer der wenigen im Orient, der nach einem Unfall nicht abhaute.

Nach Verkehrsunfällen ging es ab zur Polizeistation. In Kuwait galt es, bis zur Gerichtsverhandlung die beteiligten Parteien, entweder festzuhalten oder gegen Garantien wieder freizulassen. Bei uns musste unser Sponsere (der Kuwaiter, der uns ins Land geholt hatte), die Garantie leisten, dass Nicolas das Land bis zur Gerichtsverhandlung nicht verlässt.

Nicolas dürfte das Land nicht verlassen. Die Ferien gingen dem Ende zu, er reiste trotzdem zurück in die U S A. Man weiß nie, was im Orient bei Gerichtsverhandlungen passieren kann, deshalb waren wir froh, dass er das Land verließ.
Lebten aber bis zur Gerichtsverhandlung natürlich unter Spannungen. Was wird passieren? Gegen aller Versprechen war

Nicolas gezwungenermaßen abgereist. Was tun? Klaus hatte die Idee, als Nicolas Klein vor Gericht aufzutreten. Nun muss man sich vorstellen, Gerichtstermine verlaufen anders als bei uns, mit der Vorladung erscheinen mindestens noch weitere 30 Personen im Gerichtssaal. Die Urteile standen bereits fest. Einer nach dem anderen wurde aufgerufen, um die Strafe entgegen zu nehmen. Dann wurde Nicolas aufgerufen. Klaus hob den Arm und rief „hinna"(hier). Urteil 40 Kuwait Dinar, Circa 300 deutsche Mark. Beim Verlassen des Gerichtssaales musste die Strafe sofort bezahlt werden. Ein riesiger Stein viel von unseren Herzen.

4 AUFBRUCH IN DEN ARBEITSTAG

Schon in meinem zweiten Jahr merkte ich, Haushalt und Beruf waren nicht miteinander zu vereinbaren. Obwohl ich eine Haushaltskraft fand, Albertina aus Goa, brauchte ich auch Mitarbeiter.

Unsere Wohnkultur hatte ich bereits vorgestellt. Morgens acht Uhr, in unserem Wohnzimmer begann die Arbeitsaufteilung für unsere Hygiene Firma.

Meine Mitarbeiterinnen aus Deutschland, England und Amerika arbeiteten bis dreizehn Uhr. Die meisten waren in Begleitung ihrer Ehemänner nach Kuwait gekommen. Der Halbtagsarbeitsplatz bei mir war sehr begehrt und wurde gut bezahlt. Die Damen waren verantwortlich für Verkauf, Auslieferungen und Installationen von Papier und Seifenspendern. Eine Firma nur mit weiblichem Personal war für Kuwait schon sehr ungewöhnlich.

Noch eine Besonderheit hatte Kuwait. Es gab keine Überweisungen für zu zahlende

Rechnungen. Jede Firma hatte einen so genannten Money-Collector, also auch ich (der war ich selbst). Hatte damit keine Probleme. Manchmal ein Bukra-Inshalla (morgen so Gott will). Dann wurde meine Stimme schärfer, dein Gott will." Der vereinbarte Tag war immer erfolgreich. Dann war es gut eine Frau zu sein. Man wollte doch nicht sein Gesicht verlieren.

Die Arbeitspläne waren aufgeteilt, nun musste nur noch meine Wenigkeit aufbrechen. Auf den Straßen Kuwaits fehlte es nicht an Aufregungen. Meiner begann mit Herzeleid.

Rein in meinen Bully, hatte ihn bereits am Vorabend mit Papier und Seife beladen. Handwerkskoffer und Bohrmaschine blieben konstant im Auto.

Frohen Mutes runter vom Hof, war gerade vor unserer Hausmauer mit den grünen Bäumen, auf der Seestraße angekommen.
Hinter mir ein riesiger Amischlitten. Meine

Seitenspiegel groß genug, um alles zu beobachten, was auch für meine Sicherheit wichtig war. Wie gesagt hinter mir das Auto. Eine Katze überquerte die Verkehrsstraße. Die Person am Steuer gab Gas, erfasste das Kätzchen. Die vier Personen jubelten in Auto, das war eine gelungene Tat.

Die Straße war nicht wirklich breit. Stellte meinen Bus quer, stieg aus, nahm die reglose Katze in meine Arme und legte sie an die Seite eines kleinen Busches. Trat an das Auto, vier arabische Frauen in teuren, westlichen Kleidern grinsten mich herausfordernd an.
Eine Unterhaltung mit ihnen war mühsam. Trotzdem erstarrten sie bei meinem Blick. Ich sagte, solltet ihr einen schweren Unfall haben hoffe ich, dass euch keiner hilft. Ich bestimmt nicht und ihr landet in Yahannam (Hölle). Sei Dank, ich lernte immer mehr arabische Wörter. Bestieg langsam mit Wut im Bauch meinen Bus. Am Nachmittag kehrte ich von meiner Arbeit zurück, mein erster Blick galt der Katze, wo ist

sie? Sie war nicht mehr da.

Ein Sprichwort sagt, Katzen haben sieben Leben. Bestimmt hatte Sie einen Schutzengel.

5   MEINE BEENUNG MIT DEM ISALM

Kuwait ist ein islamisch geprägtes Land. Die Gesetzesgrundlage ist die Scharia, jedoch schon etwas liberalisiert. Frauen durften Arbeiten, Autofahren und auch ein Bankkonto führen. Kinder wurden allerdings im Pass des Vaters eingetragen. Natürlich sah man auch verschleierte Frauen, große Diskussionen gab es immer wieder über das Tragen langer Hosen. Alles wurde beobachtet, vom Ministerium für Religion (Die Moslem Brüder). Morgens beim Vorbeifahren am Goldbasar, wunderte ich mich über die Menge Frauen, die so früh schon Gold kauften. Ich wurde aufgeklärt, der Islam empfahl nach Beischlaf eine Morgengabe. Geld, das sie erhielten, wurde in Gold angelegt, dieses diente ihrer Sicherheit. Der Mann konnte sich scheiden lassen, die Frau nicht!

Das Religions-Ministerium (das Ministerium of Akaf) war auch neu für mich. Dort arbeiteten ausschließlich Männer, die sich als Moslem

Brüder bezeichnen. Den Tipp dort hinzugehen, mein Handtuch und Seifenspender anzubieten, bekam ich von Wajdi ein Mitarbeiter von Klaus, der in Deutschland studiert hatte. Er gab mir noch einen Tipp, reiche keinem bei der Begrüßung deine Hand. Für meinen Besuch brauchte ich keinen Termin.

Ich also los!! Mir viel sofort auf, alle Männer trugen Vollbärte. Sofort dachte ich an eine harte Verhandlung. Überraschung! Ein freundliches Gespräch mit viel Lachen und Begeisterung über mein Produkt. (Auch ohne Hand-Shake.) Ich bekam den Auftrag. Überall gingen die Bürotüren auf, eine Frau im Ministerium. Noch etwas bemerkte ich, den guten Geruch nach Limette und Zitronentee.
Bei all meinen folgenden Besuchen freute ich mich auf den leckeren Tee.
Und noch etwas passierte wegen des Handshakes. Man muss wissen, bei dem religiösen Islam gelten Frauen als unrein. (Sie könnten ihre Periode haben).

Als meine Mitarbeiterin Nachholbedarf (Papier und Seife) auslieferte, warnte ich sie, gib keinem dort die Hand zur Begrüßung. Sie hatte meine Mahnung vergessen. Am nächsten Morgen bei unserer Arbeitsbesprechung, entsetzen! Man hatte ihre gebotene Hand verweigert. Nie wieder wollte sie diesen Kunden besuchen. Nach all den Jahren, in denen ich das Ministerium besuchte, war ich ihr Lieblings Lieferant geworden.

Ca. dreißig Jahre später, erlebte die Landwirtschafts-Ministerin Frau Klöckner das Gleiche. Auch sie versuchte einem Islam-geistlichen die Hand zu reichen. In Deutschland, endlose Fernsehdiskussionen waren die Folge. Hätte sie mich doch nur vorher gefragt.

6   ENDSTATION SANDHAUFEN

Der Freitag war in Kuwait unser Sonntag. Das bedeutete, Donnerstag nur halbe Arbeitstage. Diese Nachmittage besuchte mich meistens meine Freundin Heidi auf eine Tasse Kaffee. Sie war ein wildes Huhn. Ihr Sohn Ralf besuchte mit dem meinem die Amerikanische Schule. Wohnen tat sie mit ihrer Familie in Ahmadi, etwas außerhalb von Kuwait-City, Richtung Saudi-Arabien. Nach einem Besuch bei ihr, brachte sie mich mit ihrem Auto Heim.

Die Strecke ohne Kurven immer gerade aus. Plötzlich zwei Kuwaiter neben uns, ihre Fenster heruntergekurbelt. Diese dumme Anmache kam meiner Bekannten gerade recht. Sie schaute mich an, pass auf was jetzt passiert. Ich hatte das Gefühl, die liebe Heidi erlebte diese Situation nicht das Erste mal. Sie gab immer mehr Gas, ihr Lachen verunsicherte mich. Bevor wir meine Wohnung in Salmiya erreichten, kam ein Roundabout, die Straße verengte sich.

Hinten, so wie vorne gab es keine Eingliederung mehr. Heidi gab den Herren keine Chance.

Vor uns im Zirkel ein riesiger, aufgeschütteter Sandhaufen. Es gab einen bums. Die Herren landeten in der Baustelle. Erreichten beide wohlbehalten unseren Bestimmungsort und genehmigten uns ein Gläschen Salmiya-Sunshine. Konten über so viel Gockel-Imponiergehabe nicht aufhören zu lachen.

7 DAS INDUSTRIEGEBIET SHEIBA

Unser erster Flug über die Industrie und Ölgebiete Kuwaits war beeindruckend. Überschüssiges Gas wurde in Massen abgefackelt.

Meistens flogen wir nachts. Die Wüste war hell erleuchtet. Am Rande der Autostraße waren Ventile installiert, Stahlgestänge schützten die Anlage. Die einfachste Art der Ölgewinnung.

Am Ölhafen Sheibas entwickelte sich ein immer größer werdendes Industrie-Gebiet. Verwaltet wurde das Ganze von „Sheiba-Authority."

Natürlich war hier eine große Sicherheitszone, das Gebiet konnte nur durch mehrere Sicherheitskontrollen erreicht werden.

Beim Vorbeifahren zählte ich gedanklich die Toiletten, wie viel Handtuchspender, wie viel Seifenspender!!

Ich fragte Klaus, kennst du da nicht jemand? Ja, wende dich an den Einkäufer Sale Al-Sharik.

Ich also los. Erste Kontrolle: Anruf in der Hauptverwaltung, hier ist eine Rosel, was sollen wir machen. (Frau will ins Industriegebiet, ungewöhnlich.)

Ja, durchlassen. Nach ein bis zweihundert Meter, zweite Kontrolle. Hier war ich bereits gemeldet, der Einkäufer Sale empfing mich persönlich.

Meine Güte, der Mann entsprach voll dem Bild, wie man sich einen Araber vorstellt.

Mit einem Mal fing er an zu lachen. Mein Auftreten war, dem meines Mannes ähnlich und er sagte, du bist „Mrs. Klaus."

Ihm gefielen meine Produkte und er fing an zu zählen, wie viele Toiletten es gibt, inklusive der Außenstellen. Wir kamen auf ca. hundert Einheiten. Nach Besprechung der Preise und Rabatte, bekam ich den Purchase Order. Rückfahrt in die Firma, mit geschwollener Brust im Walzertakt!

Acht Jahre, war Sale Al Sharik ein guter Freund und Helfer für mich.

Und als er Vater eines Sohnes wurde, stellte er mich in seinem Heim seiner neuen Frau vor. (e Er lebte bereits mit zwei weiteren Frauen und mehreren Kindern.)

Klaus, Nicolaas und Rosel brauchten ein ganzes Wochenende bis alle Maschinen ihren Platz fanden. Alle drei Monate wurde Sheiba mit Nachholbedarf beliefert. Trotz harter Arbeit, wir genossen die Zeit.

An der Pier ankerten riesige Tankschiffe. Sie beförderten ihr geladenes Öl in die ganze Welt.

Sehr beeindruckend.

Nicht viele durften diese Pier betreten, und plötzlich, wir standen noch auf der Brücke, ein Schatten. Unter uns ein riesiger Rochen, groß wie ein Teppich, schwamm gemächlich seine Route.

Und noch etwas: Sheiba hatte einen kleinen Park-Garten angelegt.
In der Wüste ist Wasser das wertvollste. Man sah wie durch Bewässerung alles grünte.
Jedes Jahr im Frühling erhielt ich einen riesigen Blumenstrauß von Sale. Wir pflückten diesen zusammen in Sheibas Garten. Es blühten alle erdenklichen Pflanzen in Hülle und Fülle in diesem „Paradies".

In der Mitte ein riesiger Mimosen-Baum.
Die Lieblingsblume meiner Mutter.

8 DER EMIRPALAST – REGIERUNGSSITZ

Meine Arbeit bereitete mir Zunehmend Spaß. Die Firma ist mein zweites Kind. Orientierung war stets ein Fremdwort für mich. Klaus Sprichwort:

Bist du in München verabredet, würde ich es über Skandinavien ansteuern. Kuwait war in fünf Ring-Road aufgeteilt. In welcher hielt ich mich auf? Wie bereits erwähnt, Straßennamen, sowie Hausnummern waren unbekannt. Trotzdem, Kunden und Verabredungen wurden mit Erfolg und pünktlich erreicht. Die drei

Kuwait-Towers, fast am Ende der Seestraße, ragten kugelrund und spitz und leuchtend grün weit in die Höhe.

Sie waren meine Orientierung. Fand ich nicht zurück, steuerte ich auf die Wassertürme zu. Dann war alles gut. In Deutschland, speziell auf dem Land benutzte ich die Kirchtürme.

Am Ende der Seestraße, kurz hinter den Türmen der Emir-Palast.

Davor ein kleines Häuschen, die Anmeldung. Und trotz eines Anschlags auf den Emir, der Krater auf der Straße war gewaltig, welches viel Aufregung und Unglück in dieses Land brachte. Die Kontrollen wurden doppelt verstärkt, trotzdem gelang es mir immer durch alle Safety-Checks zu gelangen. In den Palast brachte mich unser Freund Mohamed, er selbst hatte dort einige Kopiergeräte verkauft und einen noch besseren Freund Mister Sekin, die rechte Hand des Emirs. Er wurde auch mein Freund.

Auch die Angestellten hatten ihr Spaß mich zu verulken. Sie fragten eines Tages, wollte Papier anliefern, you want to Mister Knife?

Ich schaute sie verständnislos an. Man muss wissen:

Mister Sekin – auf Deutsch – Herr Messer.

Er war stets besorgt und meinte mich vor der Männerwelt beschützen zu müssen. Ebenfalls für uns als Familie, ein guter Freund.

Ganz oben im Palast, im Türmchen eine kleine Teeküche, sie war kaum ausgelastet. Aber wehe, besuchte ich den Tee Boy nicht um seine CWS Maschine zu kontrollieren, war dieser ungnädig mit mir. Und dann nutzte ich die Gelegenheit aus dem Turm herauszusteigen, ging um ihn herum, schaute auf Kuwait und fühlte mich wie ein Burgfräulein.

Dann wurde der Palast renoviert und vergrößert. Die Baufirma stattete die Waschräume mit anderen Handtuchspendern aus, „Marke unbekannt".

Schnell wurde das Burgfräulein vermisst (Rosel).

Kurz darauf ein Anruf! Komm! Mein Handtuch und Seifenspender wurden zusätzlich installiert. Aufatmen bei vielen Mitarbeitern des Emir-Palastes, für Service erschien das Burgfräulein wieder.

Die Arbeit war nicht einfach. Die Wände der neuen Räume wurden mit Bodenkacheln gefliest, welche besonders hart sind. Unsere Bohrmaschine schaffte es kaum. Viele Bohrer verglühten. Wie immer lieferten wir eine gute Arbeit ab.

Eine Woche später stand Klaus vor mir mit einer „Hilti" Made in Swiss. Ich war begeistert, hatte schon lange von ihr geträumt. Sie bohrte in die Wände, als seien sie aus Butter und schaute ich durch die Bohrlöcher „schwebten Engelchen hin und her".
Viele Jahre blieb der Palast mein Kunde und sicherlich war ich eine der wenigen (Frauen), die durch alle Sicherheitsschecks eingelassen wurde.

9 AUF DER POLIZEI – STATION

Zurzeit lebe ich für einige Tage alleine in Kuwait. Klaus war auf einer Geschäftsreise in Deutschland. Ich vermisste ihn sehr. Es dunkelte bereits, kam von einem letzten Kunden und freute mich auf mein gemütliches Heim und meinen beiden Katzen, Musch-Musch und Tomy.

Passierte gerade mit meinem Bully eine Ampel, vor mir zwei Personenwagen. Ein Inder und ein Palästinenser.
Plötzlich zwei Polizisten, sie hielten uns an und behaupteten, wir haben bei Rot nicht gehalten und sind über die Kreuzung gefahren. Und wieso fährt eine Frau einen solchen Wagen? Dieses war sicherlich der Grund uns zu stoppen. Und was sollte mein Wohnzimmer in der Ladefläche? Sie meinten unsere Strandaus-rüstung.
Der Inder meinte bei seiner Befragung, wenn die Polizei sagt es war rot, dann war es rot.

Der Palästinenser zuckte die Achseln, er wusste es nicht.

Und dann kam die Deutsche am Steuer eines VW-Bullys an die Reihe. Ich sagte, ich soll bei Anbruch der Dunkelheit eine rote Ampel übersehen haben, Niemals! Die Polizisten reichten mir ein Formular auf Arabisch, welches ich unterschreiben sollte. Schaute beide Polizisten unglaublich an und fragte, ob ich mein Todesurteil unterzeichnen sollte. Das Ergebnis: mein arabischer Führerschein war weg. Musste nächsten Morgen zur Polizeistation kommen. Konnte es schwerlich fassen, dieses Stück Papier war mein Heiligtum und wichtig meine Arbeit fortzuführen.

Abends kam unser Freund Mohamed, er arbeitete zusammen mit Klaus und wollte sich erkundigen, wie ich mein Junggesellendasein manage. Seine Verbindungen zur Polizei waren gut, dieses war eine Nummer zu groß.

Morgens in aller Frühe fuhr ich ohne Führerschein mit dem Bus zur Polizeistation, dachte mich trifft der Schlag. Mein Führerschein befand sich bereits im Industriegebiet beim Verkehrsamt. Man muss bedenken, Straßennamen und Hausnummern waren in diesem Land selten. Ich fand das Verkehrsamt. Wurde sofort empfangen. Eine Frau in einem Wartesaal, zusammen mit Männern, unmöglich! Ich glaube, die kuwaitischen Herren hatten meinen Ausweis bereits auf ihrem Schreibtisch und platzten vor Neugier.

Wurde in einen großen Raum geführt. Fünf Männer in weißen Disdashas und Akale (arabisches langes Hemd und Kopftuch), standen mir gegenüber. Einer fragte aggressive ob ich bei Rot die Ampel überquert hatte. Ich meinte, in der Dunkelheit werde ich wohl eine rote oder grüne Ampel erkennen. Er fragte, willst du vor Gericht? Ich verneinte. Sollte es aber um mein Recht gehen, ja!
Einer der Araber trat auf mich zu und sagte freundlich, German Women, her is your

driving- license, take care of you. Abends kam Klaus zurück von seiner Europareise.
Mit einer goldenen Halskette, „zwei turtelnde Tauben." Habe sie lange mit Liebe getragen.

10 DIE HANNOVER MESSE

Um privat nicht unnötig belästigt zu werden, wurden alle meine CWS Nachbestellungen im Office-Organisation Center von Klaus Sekretärin entgegengenommen.
Klaus Verkäufer hatten zwischenzeitlich ein starkes Selbstbewusstsein gewonnen. Wurden alle auf eine Stufe gestellt, kaum vorstellbar! Ihre Heimatländer Indien, Pakistan, Irak, Ägypten, Sri-Lanka, Iran, England. Ein gutes Team, das wirkte sich natürlich auf ihren Verkauf und Umsatz aus.

Nun wollte der Deutsche mit seinen Verkäufern, die nur einmal im Jahr stattfindende Hannover-Messe für Informationstechnik aufsuchen. Im Gespräch mit Mister Matin, der Inhaber der Firma, wurde nun ein weit höheres Umsatzziel festgesetzt, daraufhin wurde die Reise genehmigt.
Seine Zweifel, diese zusammengewürfelte Mannschaft, würde es sowieso nicht schaffen.

Er irrte, das Ziel wurde erreicht! Die Jungen waren sprachlos, das war etwas Unglaubliches! Die Zeit der Abreise rückte näher. Dan klopfte Matins Buchhalter Saad-Al-Abdulla aus Palästina an Klaus Offices Tür. Über seine trockene Art lachten wir oft, irgendwie war er der Mann für alles. Auf die Frage was er in der Firma mache, seine Antwort „I play with my Balls."

Schöne Grüße vom Boss, bitte die Europareise abblasen. Vorschlag: Von den Zwanzig-tausend Mark, die für die Reise vorgesehen waren, steck du die Hälfte privat ein und vergiss die Reise, nach Hannover. Ein Orientalischer Vorschlag! Natürlich wurde dieses Angebot strikt abgelehnt. (Deutsch).
Die Angst, die Verkäufer könnten auf der Messe eine Vertretung finden, um sich selbstständig zu machen, gab Mister Matin sicherlich schlaflose Nächte.

Im April 1979 startete das Flugzeug, Zwischenstation Prag, für alle Nationen eine unvergessene Zeit.

11 ANNA ZU BESUCH

Wenn eine traurig war über unseren Aufbruch aus Deutschland, dann Mutter, Oma und Schwiegermutter Anni. Und trotzdem befürwortete sie unsere Entscheidung. Eine starke Frau, vier Kinder und sich selbst rettete sie wohlbehalten aus Königsberg, dem heutigen Kaliningrad. Aber in ein Flugzeug steigen, ein doppeltes nein, Niemals! Ich lachte sie an, für deinen Klaus fliegst du bis zum Mond.

Nach einem Jahr, im Dezember 1978, Oma Klein ist da. Feierten zusammen den Heiligen Abend in Kuwait und genossen vier glückliche Wochen. Jeden Morgen begleitete sie mich in den Markt, meine Kunden waren begeistert und überschütteten sie mit vielen Werbegeschenken.

MC-Donalds hatte seit kurzer Zeit seine Tore geöffnet. War unsere Arbeit beendet, saßen wir beide auf der Frontbank unseres Busses und genossen eine leckere Apfeltasche.

Am Nachmittag hatten wir noch eine Verabredung für einen Neukunden.
Ab in die vierte Etage. Mit uns ein Tee Boy im Aufzug. Er hatte nur Blicke für Anna. Ich stieg aus, meinen Vorführkoffer in der Hand, drehte mich um, der Lift setzte sich in Bewegung, mit Mutter und Boy, Richtung Parterre. Nach etlichen Knopfpressen erreichte der Lift endlich zurück in den vierten Stock. Verdattert und bleich standen wir uns gegenüber.
Der Kerl hatte ihr voll an den Busen gefasst, welcher nicht übersehbar war und machte Anna ein Liebesgeständnis.

Meine Zeit drängte, nun komm, stell dich nicht so an. Wir erreichten den Kunden als wäre nichts geschehen. Hatte das Gefühl, meine Schwiegermutter wurde immer gelassener. Bei meiner Frage würdest du morgen Mittag für uns kochen, hoffte auf eine Erleichterung, sie war eine perfekte Hausfrau und Köchin, verneinte sie. Am kommenden Morgen, ich hatte im Hause noch einiges zu erledigen, stand meine Begleiterin picobello bereit zum Aufbruch. Sie wäre eine gute Mitarbeiterin geworden.

Freitag unser Sonntag, hatten nur noch die wonnige Wärme von 22° Celsius, für die Beach zu kalt, aber auch die Wüste hat ihre Reize.

Im Frühjahr war sie übersät mit kleinen, weißen Margeriten. Den Strauß Blumen, der dann von mir gepflückt wurde, glänzte in unserm Wohnzimmer.

Der Picknickkorb gefüllt mit Leckereien. Sonnenschirm, Tisch und Stühle waren stets griffbereit im Auto, was brauchten wir mehr? Eine Herde Kamele kam auf uns zu. Anna hatte einen Mars-Riegel in der Jackentasche und reichte es einem Tier. Große, braune Zähne gummelten hin und her. Das arme Lebewesen wusste nicht wie ihm geschah.

Kamen aus dem Lachen nicht heraus. Die Wüste lebt!!!

Ich fuhr die Kanada-Dry-Street entlang. Auf der einen Straßenseite wurden Pflanzen der Region verkauft. Doch was entdeckten meine Augen, zwischen Palmen und Oleander, ihr werdet es nicht erraten, „ein Tannenbaum." Natürlich landete er in meiner Ladefläche. Eine große Überraschung für unsere Mutter. Am vierundzwanzigsten Dezember, meine Leute waren unterwegs, versuchte ich den Baum herzurichten.

Seine Zweige weitauseinander, ich muss gestehen, er wirkte ein wenig dürftig. Also, die unteren Zweige abgesägt, bohrte in den kahlen Stamm Löcher und setzte die abgesägten Tannenzweige wieder ein.

Er wirkte fülliger, wir hatten einen richtigen Tannenbaum! Als unsere Mutter den Raum betrat, sagte sie aus vollem Herzen:

Mein Gott ist der Baum hässlich. Mit guten Freunden und Bekannten genossen wir unser leckeres Weihnachtsessen. Deutschland war weit weg. Ende Januar flog Mutter und Oma zurück in unsere Heimat.

1982, es war Frühjahr, kam sie erneut zurück.

12   MISTER MARAFI

Mehrmals in der Woche suchte ich das Büro Office Organisation auf.
Die Verkäufer überschütteten mich mit Ratschlägen, wie und wo ich neue Kunden aufsuchen könne. Eines Tages nahm unsere Sekretärin einen Anruf entgegen, möchte Herrn Marafi aufsuchen.

Ich freute mich, er hatte viele Niederlassungen und stellte mich auf einen Großauftrag ein. Ein Unternehmer in Kuwait, der zahlreiche internationale Firmen vertrat und deren Produkte in Kuwait verkaufte.
Arm war dieser Mann nicht. Inzwischen war aber auch meine kleine Firma so etwas wie ein Marktführer geworden.

Außerdem besaß Marafi eine große Dau, (Arabisches Segelfrachtschiff), als Restaurant ausgebaut, sie ankerte neben seinem neu erbauten SAS Hotel.

Ich saß also Herrn Marafi gegenüber, mit der Annahme meine Maschinen vorzuführen. Ich irrte und war überrascht über seine Aussage. Er würde mich mit meinem Produkt zerstören und ein Hygieneprodukt aus Schweden in Kuwait aufziehen.

Die meisten Araber taten sich schwer beim Erfolg eines Ausländers oder Ausländerin.

Aber Hotels standen immer auf meiner Liste. Ließ mich nicht beirren und fasste einen Beschluss. Sein SAS Hotel war inzwischen fertiggestellt.

Ich besaß die Frechheit, meldete mich bei dem zuständigen Einkäufer, mit Erfolg. Für die Lobby fünf Einheiten bitte!!!

Ich installierte mein geliebtes Produkt „persönlich". War mit mir zufrieden. Obwohl meine Maschinen höchst wahrscheinlich auf den Müll landeten.

Was spürte Herr Marafi bei diesem Anblick?

Der Gedanke ging runter wie Öl.

13 DAS MINISTERIUM

Tourismus gab es in Kuwait nicht. Trotzdem entstanden fünf große Hotels, welche von Verkaufsrepräsentanten aus dem Ausland aufgesucht wurden. Und natürlich ein Anziehungspunkt für Einheimische ihre Familienfeste zu feiern.

Das Meridian-Hotel wurde gerade fertig-gestellt, natürlich bemühte ich mich um die Waschräume in der Lobby des Luxushotels.
Die Hausdame Dominik aus Frankreich, eine zarte, aber energische Frau. Trafen uns das erste Mal im Fahrstuhl und waren uns gleich sympathisch.
Dominik unterstützte mich bei den Verhandlungen mit dem Hotelmanagement, das neue Hotel gehörte einer arabischen Familie.

Mein Angebot war perfekt, sie wollten Stoffhandtücher und bestellten die ersten elektronischen Spender. Wer konnte da widerstehen.

Zehn Maschinen wurden geordert. Das war der Start neben Papier auch mit Stoffspendern zu beginnen.

Das Hotel war fertig, nun sollten meine Spender möglichst schon Gestern installiert sein.

Per Express wurden die Maschinen mit Luftfracht aus Frankfurt geordert. Diese erreichten Kuwait pünktlich. Nun brauchte ich nur noch zum Zoll, die Ware entgegen-zunehmen. Dann kam die schlechte Nachricht. Die Fracht wurde auf meinen Namen abgesandt. Diese aber konnten nur auf den Namen unseres kuwaitischen Sponsors eingeführt werden. Ich war machtlos!

Ordnungsgemäß: Die Ware muss zurück nach Frankfurt und dann zurück adressiert auf den Namen des Sponsors. Nur Kuwaits dürfen Ware nach Kuwait einführen. Zu spät, kann den

Vertrag nicht einhalten.

Ich gehe einfach zum Ministry of Economic Affairs!!! Klaus meinte, dass kannst du nicht. Die Zeit drängte, was hatte ich zu verlieren? Das Ministerium hatte seinen Sitz in der City. Das Büro im dritten Stock. Ja und dann, kaum zu glauben, vor mir saß der Staatssekretär.
Er schaute in meine CWS Papiere, ein strenger Blick in mein Gesicht, unterschrieb an mehreren Stellen auf den Formularen, dann sagte er laut: „Lass dich hier nie wiedersehen". Habe ich ihm überhaupt gedankt?
Meine Angestellte Marita, in Deutschland beförderte sie neue M.A.N. Tracks aus Ulm an ihren Bestimmungsort. Oftmals in Häfen, wie zum Beispiel nach Hamburg zur Verschiffung. Sie war eine taffe, anpackende Frau. Das was ich gebrauchen konnte, für meine ersten elektrischen Installationen.
Allerdings, bei ihrer Vorstellung kamen Zweifel, kann sie anpacken?
Ihre Fingernägel extra lang, knallrot gepflegte

Krallen.

Marita wollte den Job. Wie sich herausstellte, eine zuverlässige und technisch versierte Mitarbeiterin.

Unsere Maschinen wurden pünktlich abgeliefert und montiert.

Danke Mister Staatssekretär.

14 DIE ABFUHR

Mister Usami wurde nicht mein Kunde, erst in Deutschland lernten wir uns schätzen. Mit viel Optimismus erreichte ich sein Büro. An der Eingangstür saß ein alter Greis und zählte, in sich gekehrt seine Gebetskette. Trotzdem konnte er mir den Aufenthaltsort seines Sohnes zeigen. Wurde mit einem fast perfekten Deutsch empfangen. Der Vater besaß in Kuwait eine Möbelfabrik, verkaufte deutsche Möbelfabrikate und im Besitz, in einem neuen Einkaufszentrum einen sagenhaften Laden der Firma Aigner. Damals ein sehr begehrtes Modeprodukt. Darauf werde ich noch zurückgreifen.

Usami Junior hatte eine dreijährige Schreinerlehre in Germany absolviert. Mein Produkt aber lehnte er ab. Wahrscheinlich hätte ich ihm meine kleine Firma anbieten sollen. War das erste Mal innerlich richtig zornig. Ich dachte bei mir, meine Sprache lernen sich ausbilden zulassen in Deutschland und eifersüchtig sein nicht selbst die Idee gehabt zu haben.

Herr Usami ist mir in den acht Jahren meines Aufenthalts in Kuwait nicht mehr begegnet.
Ich saß in meinem Bully, einen Kunden aufzusuchen, in meiner ärgerlichen Verfassung, ausgeschlossen. Hatte die Seestraße Richtung Heimat erreicht. Auf einmal hörte ich ein immer wieder kehrendes Lied im Radio, die Melodie klang in meinen Ohren angenehm, der Text bis zu diesem Moment unverständlich.

Zu meiner Überraschung konnte ich den Sänger begleiten und sang aus voller Kehle:

Take the ribbon from jour hair
shake it loose and let it fall,
is so sad to be alone
let us make it to the night.... usw.

Ich war glücklich, fiel Klaus zu Hause um den Hals, ich kann Englisch verstehen. Und höre ich das Lied, es wird öfters gesendet vom Norddeutschen Rundfunk 90,3 kommen meine Erinnerungen hoch und eine Träne machte sich frei. Usami war vergessen.

Erst als wir unsere Luxusläden in Hamburger Hotels erfolgreich führten, stand Mister Usami mir gegenüber. Unsere Verblüffung beiderseits war grenzenlos. Meine erste Reaktion war, sie lehnten mein Produkt in Kuwait ab, nun werden sie mir die Vertretung der Firma Aigner besorgen. Eine Woche später kam die Zusage. Aigner musste diese Entscheidung nicht bereuen, wir waren ein erfolgreicher Händler. Usami kam uns mindestens zwei Mal im Jahr in unserem Geschäft besuchen und waren wir nicht gleich zur Stelle, wurde er unruhig. Auch seine Familie wurde mir vorgestellt. Er hatte eine zauberhafte Frau.

15 WARUM WIR KUWAIT VERLIEßEN

Unsere Wochenenden verbrachten wir meistens am Strand. Der Persische Golf lud dazu ein.
Brauchten uns um gutes Wetter keine Gedanken zu machen, es war immer sonnig.
Einzige Ausnahme bei Tuss (arabisch für Sandsturm).
Alles zum Grillen eingepackt, viel Trinken, Obst und Gallonen mit Süßwasser, um nach dem Baden das salzige Wasser am Körper abzuspülen. In der Zeit Juni bis August, waren Wassertemperaturen zwischen 30°-33° Grad. Behielten T-Shirts an, die nass am Körper für Kühlung sorgten. Selbst beim Surfen ließen wir uns ins Wasser fallen, um durch den Wind gekühlt zu werden.

Und kam es ganz schlimm, saßen wir mit Stühlen und Sonnenschirm im Wasser. Unsere Gruppe bestand oftmals aus zwanzig Personen. Diskussionen gingen meistens über Kuwait, den Krieg vor unserer Haustür und was so in Deutschland passierte.

Auch am Strand erreichte uns der Krieg zwischen Irak und Iran, den immer wieder hörten wir Kanonendonner und hofften, bitte kein Überspringen auf Kuwait.

Der Krieg veränderte einiges in Kuwait. Zweimal brachen wir unsere Europaferien ab. Wurden die Anspannungen zu groß, schloss Kuwait seine Grenzen. 1982 zur Weihnachtszeit, wurde ein Attentat auf den Emir verübt. Unser Sohn, kommend aus Amerika, wurde die Einreise verweigert. Trotz aller Bemühungen gelang es uns nicht, ihn ins Land zu holen.
Wir beschlossen, treffen uns in Deutschland zu Weihnachten.

Eigentlich gab es alles in Kuwait, große Hotels, viele Restaurants, Kinos und Theater. Und eine moderne Eislaufhalle. Klaus spielte drei Jahre Eishockey, bei Sommertemperaturen von über fünfundvierzig Grad, welch ein Luxus!
1985 änderte sich unsere Stimmung, ausgelöst durch den Krieg, der vor unserer Haustür stattfand.
Die Sicherheitskontrollen veränderten, die gesamte Atmosphäre im Land. Fingen an zu

überlegen, ob wir das Land verlassen und unsere Firma CWS zu verkaufen. So schön es ist selbstständig zu sein und gute Geschäfte zu tätigen, bedeuten politische Veränderungen im Orient, meist immer Gewalt und radikale Umstellungen.

Mein Herz war schwer, die Firma war mein zweites Kind. Eigentlich gab er keinen Grund das zu tun, uns ging es wirtschaftlich bestens. Unsere Freizeit wie beschrieben vom Feinsten. Unser Sohn brauchte nur noch ein Jahr, sein Studium zum Informatiker abzuschließen.

Und dann passierte noch etwas. Klaus verkaufte an die kuwaitische Armee neue Kopierer.

Dort lernte er einen amerikanischen Offizier kennen. Amerika unterhielt mit Kuwait ein Abkommen über eine Ausbildungsmission. In der Unterhaltung sprachen sie über die Spannung des mittleren Ostens. Besonders über den Krieg und wie Kuwait davon betroffen ist. Vertraulich sagt er zu Klaus: be out off Kuwait 1987. Später merkten wir, der Überfall von Sadam Hussain auf Kuwait war geplant. Kam zwar erst 1989 – 90.

Das alles brachte uns dazu, unsere Zelte in Kuwait abzubrechen und das Land zu verlassen. Sei Dank, ein Jahr später hätten wir unsere Firma bei Kriegsgefahr nicht mehr verkaufen können.

Mit unseren beiden kuwaitischen Straßen-katzen Musch-Musch und Tomy verließen wir das Land. Nach vielen Abschlusspartys und Umarmungen, mit einem lachenden und einem weinenden Auge sagten wir Kuwait, bye-bye.

Auf in ein neues Abendteuer in Old – Ger.